# 식어버린 커피를 위한 파반느

홍림의 마음

넓고 붉은 숲이라는 중의적 의미를 담고 있는 <홍림>은, 세상을 향해 그리스도인들이 추구해야할 사유와 그리스도교적 행동양식의 바람직한 길을 모색하고자 노력하고 있습니다. 폭넓은 독자층을 향해 열린 시각으로 이 시대 그리스도인의 역할 고민을 감당하며, 하늘의 소망을 품고 사는 은혜 받은 '붉은 무리'紅林:홍림로서의 숲을 조성하는데 <홍림>이 독자 여러분과 함께하고자 합니다.

홍림시선05

식어버린 커피를 위한 파반느

지은이 신장근

1판 1쇄 인쇄 2021년 12월 14일
1판 1쇄 발행 2021년 12월 20일

펴낸곳 홍 림
펴낸이 김은주
등록 제 312-2007-000044호17
전자우편 hongrimpub@gmail.com

값은 표지에 있습니다.
ISBN 978-89-6934-032-0(03810)

홍림시선 05

# 식어버린 커피를 위한 파반느

신장근 시집

홍림

# 차 례

## 시인의 말

가장 평범한 일상 속에

가장 놀라운 신비와 기적이 숨어 있다.

시인은 그 신비와 기적을 먼저 보고 듣는 사람일 뿐이다.

## 빈 방 안에서

텅 빈 방 안에
혼자 앉아 있습니다
아무 말 없이
홀로 앉아 있습니다

텅 빈 공간을
가득 채운 충만함을
그저 바라보고 느낍니다
어디에 있든지
사람은 결코 혼자가 아님을
텅 빈 방 안에서
다시 배웁니다

이렇게 꽉 찬 방 안을
무언가로 채우려 했던
내가 부끄러워집니다

## 오늘

황사 같은 안개?
안개 같은 황사?

잔뜩 물탄 먹물 먹은
붓으로 칠한 마냥
울아버지 가시기 1년 전
머리색마냥
뿌연 잿빛 하늘이
거친 숨을 내쉬고
몸을 비틀며
하루를 연다

중국집 포천쿠키처럼
메시지 물고 있는
오늘이
무엇을 가져다줄지
나는 모른다
살아보지 않은 삶은
늘 수수께끼고 희망이었다

"아버지 왜 나를 버리시나이까"
물었던 나사렛 사람에게도
오늘이란 시간은
엉킨 실타래 같은
부조리하고 불합리한 수수께끼였다

그 사람이
손목과 발목에 못 박혀
십자가에 달리던 날도
오늘처럼
뿌연 하늘이
해를 가리웠다

황사 같은 안개?
안개 같은 황사?

암만 봐도 난 모르겠다
하지만 난 안다
아무리 하늘 뿌옇다 해도
그 뿌연 하늘 구름 위에는
여전히 태양이 빛나고 있음을

절망이 희망으로

변하기 위해서는
잿빛으로 뿌연 낮과
칠흑 같이 어두운 밤을
지나야 함을

오늘은 영원한 과정일 뿐
마지막 결과가 아님을

## 꼬리 짧은 붕어

내 방 어항 속 나라엔
물고기 다섯 마리가 산다
은빛 붕어 세 마리
그리고 청소 물고기 두 마리

24시간 바쁜 대장 붕어는
은빛 갑옷 걸치고
오늘도 종횡 무진한다
어느 전투에서 입은 상처일까?
대장 붕어의 꼬리지느러미는
부하들보다 짧다

항상 말없이
부지런히 헤엄치는
다섯 마리 물고기들을 보며
나는 배운다
덩치 크고 나이 많다고
우두머리가 아님을
진짜 우두머리는
치열한 삶의 투쟁 속에서

꼬리 잘린 아픔을 아는 이임을

또 그 부족함을 감추지 않는

용기 있는 자임을

## 나는 몰랐다

나는 몰랐다
활짝 핀 네가
그렇게 빨리 질 줄은

나는 몰랐다
출근 길 멈춰서 본
네 환한 미소가
끝을 예감한
마지막 인사였음을

나는 몰랐다
넌 봄마다 피는 게 아니라
단 한번 피고 간다는 것을
작년 그 나무에 머문 너와
올해 그 나무에 머문 네가
다르다는 것을

나는 몰랐다
봄비가 억세게 퍼붓던 어저께
넌 그 비를 타고 흩어져

마지막으로 온세상을
고운 분홍빛으로 물들이려 했음을

잠시 너 만난 그 감격보다
너 가고 없는 그 허전함으로
가득한 것이 봄임을
그래서 사월은
아름답고도 잔인한 달임을
나는 몰랐다
나는 정말 몰랐다

## 4월에 내리는 비

칠월 칠석에 오는 비는
견우직녀의 눈물이란다
그럼 오늘 내리는 비는
누구의 눈물일까?

또 장마비는
얼마나 많은 이들의
눈물일까?

흐릿 잿빛 하늘에서
떨어지는 비를 맞으며
갑자기
나는 궁금해졌다

장마도 아닌데
4월 봄날 내리는
이 비는
2014년 4월 16일 8시 50분
피지도 못한
우리 자식들이

물에 잠기며 흘린
눈물이다

처음 가보는
죽음의 길 앞에서도
두려워 떠는 친구를
먼저 위로하고
자식  먼저 보내고
애써 미소 지으며
힘들어할 엄마를 위로한
착한 아들들과 딸들의
그 마음이 깨어지며
흘린 눈물이다

오늘 나는
우산을 손에 쥐고
내리는 비를 다 맞으며 길을 걷는다
한 방울도 그냥 땅에 떨어지게
해서는 안 될
소중하고 아름다운 눈물이
하늘에서 떨어지고 있기 때문이다

## 비오는 날

내가 나라고 아는 나는
나의 전부가 아니다
내가 모르는 더 큰 내가
내 속에 있다

동녹이 슬어서
검게 된 황동주물 동상마냥
먼지가 뽀얗게 내려앉아
변색된 자동차마냥
삶 속에서 뒤집어쓴
욕심과 허망한 생각들로
나는 자주 나를 잊어버린다

요란한 소리내며
떨어지는 빗줄기가
아스팔트를 깨끗하게 닦아내는 아침
빗속을 걷는 나도
깨끗이 씻어지면 좋겠다

비오는 날은

내 마음이 목욕하는 날이다
모든 군스러운 것을 벗고
초심으로 돌아가는 날이다

## 한강

한강도
세상살이가 힘든지
잔주름이 자글자글하다
뿌연 미세먼지 덮인 하늘만큼이나
뿌연 인간 세상에 싫증이 난 것일까

사람들이 버린
온갖 쓰레기를 품고도
아무 불평 없이 흐르는 저 강은
철없이 욕심 부리며 떼쓰는
온 세상의 자식들을 보며 흘린
하늘 아버지의 눈물이다

바람이 스치는 대로
강물 위에 드러나는
수없는 잔주름을 보면서
지독히도 부모 속 썩였던
나를 떠올렸다
갑자기 늙어버린 어머니의
가엾은 얼굴이 생각나서
나도 눈물 흘렸다

## 유진 오닐

유진 오닐은
노벨상도 받고
퓰리처상도
네 번이나 받았어

아버지는
무식하고 가난한
아일랜드계 이민자,
돈에 집착하다가
가정도 망치고
배우생활도 망했지

엄마도 질세라
마약 중독에
알코올 중독

형도 엄마 따라
알코올 중독
그러다가
합병증으로 요절했지

행복하지도 않고
따뜻하지도 않은
불량가족을 미워하고
원망도 했지만
결국 죽기 25년 전에
밤으로의 긴 여로를 쓰며
유진 오닐은
그 문제투성이 가족을
용서하고 받아들였어

인생이란
맘에 들지 않는 것을
받아들이고
죽도록 미워하는 것을
용서하는 법을
배우는 과정

유진 오닐이
아프고 어두운 과거를
글로 녹여내서
용서하고 받아들였듯이

나도

내가 죽은 후
25년쯤 뒤에
읽힐 글을
지금부터 써야겠다

자투리 실 같은
내 삶의 파편을
잇고 모아서
마지막 한 벌 옷을
정성스럽게 지어야겠다

## 손님

집 문 앞에 서서
매일 날 기다리는
손님이 있다
그 손님은
문이 열릴 때가 아니라
문을 열 때를 기다린다

내가 있는 모든 방의
열쇠를 가진 그 손님은
언제라도 내 방에
들어올 준비가 돼있다

내가 태어나면서부터
늘 내 곁에 있던 손님
아니 엄마 뱃속부터
늘 함께 한 그 손님을
사람들은
죽음이라고 부른다

애써 외면해보지만

그 손님은
내가 있는 모든 곳에
함께 있다.

가끔은
눈치 없고 무례한
이 손님에게
짜증도 내고
면박도 주지만
나는 안다
세상의 모든 친구가
날 떠나도
세상 끝 날까지
함께 할 친구는
바로 이 친구임을

그리고
영원하신 그분의 품으로
나를 인도할 친구도
바로 이 친구임을

이것이 바로
오늘도

문 앞 길가에서

나를 기다리는

이 친구를

미워할 수 없는

이유다

## 자가 격리

환해진 창밖
벌써 해가 떴구나!
하지만 여전히
어두운 커튼을 친 나의 방

창밖 길 건너편에는
공사장의 요란한 시추공 소리
하지만 내 방 안을
가득 채우는 것은
시계 초침소리뿐

창밖 큰길가에는
분주하게 오가는 차들
하지만 내 방 안에서
바삐 움직이는 것은
노안이 온 내 두 눈과
쉼 없이 더운 바람을 내뿜는
두 콧구멍

시간이 멈춰선 내 방은
어떤 상업광고도 정치구호도

출입을 불허하는
금줄이 쳐진 거룩한 땅

나는 며칠째
그 거룩한 땅에 서서
영원히 꺼지지 않는
신의 불꽃을 본다
아무도 보지 못하는
내 가슴 속 떨기나무에
붙은 그 불꽃을

창밖 세상이
어두움의 이불을 덮으면
작은 탁상등 켜진 내 방 안에도
또 다시 찾아오는 밤

누구도 만날 수 없지만,
기도를 들어주시는 그 분이 있고
읽을 책 몇 권과
마음 속 메아리들을
받아 적을 노트와 펜이 있어
참 다행이다
참 다행이다
참 다행이다

## 유산

중세 유럽에 흑사병이 돌자
사람들은 놀라고 두려워했다

많은 유럽인들이 죽자
사람들은 참회하고 뉘우쳤다

더 많은 유럽인들이 죽자
사람들은 희생양을 찾아
비난하고 죽이고 불태웠다

어마어마한 유럽인들이 죽자
사람들은 자포자기해서
순간의  쾌락에 빠졌다

깜짝 놀랄 만한 수의
유럽인들이 죽자
사람들은 비로소
병의 과학적인 원인과 예방법을
찾기 시작했다

그러다가 세상이
온통 죽음의 땅이 되자
인생의 허무함과
내세의 영원함을 깨닫고
시를 쓰고 시를 노래했다

결국 그 사람들은 다 갔지만
기도가 남았고, 부끄러운 기억,
치료법과 시들은 남았다
코로나 19의 네 번째
대유행이 몰려오는 지금
사람들은 무엇을 하고 있을까?
오늘 우리는
무엇을 남기고 있는 걸까?

## 도(度)

오늘 뉴스 보니 체감 온도 38도
중단됐다 모든 것이 일상도 방역도

무더위가 해마다 찾아와도
멀쩡할 것만  같던 검푸른 바다에도
죽음이 찾아왔다 끔찍하고 안타깝게도
슬피운다 전복도 어부도

독도에 침 흘리는 최강무례 일본도
일대일로 꿈꾸는 최강탐욕 중국도
그렇게 알아듣게 달래서 말해도
정말 너무들 한다 해도 해도

모든 이가 지친 초복 더위에도
들풀들은 꽃을 핀다
길가에서도 물가에서도

내일 세상에 종말이 온다고 해도
한 그루 사과나무를 심겠다던 스피노자도
닭 모가지를 비틀어도
새벽은 온다고 말했던 김영삼 대통령도

코로나가 바꾼 세상은
생각치도 못했으리라 꿈에서도

세상이 그대로 백 년을 간다 해도
나는 날마다 꿈을 꾸리라
새롭게 시작하길 언제라도

지금 이 순간이
매우 힘들고 어렵다고 해도
낙심과 근심으론 바꾸지 못하리라
그 어느 것도

여름이 가면 가을이 온다 해도
밤이 지나면 아침이 온다 해도
돌아오지 않을 모든 순간은
소중하다 그 자체만으로도
비록 한숨과 탄식뿐이라고 해도
아무리 아프고 힘들다고 해도

# 이주일

어린 시절 온 동네 아이들을
오리걸음 열풍에 빠지게 한
콩나물 무치는 코미디언 이주일
온 국민을 지치게 하고 절망케 한
코로나 19 사회적 거리두기
4단계로 모두 힘겨워한 이주일

혹시나 끝나려나 기대하던 국민들에게
날아온 뉴스는 4단계가 연장된다는 소식
그래서 다시 보내야할 힘든 시간 이주일

뭔가 보여주지 않아도 좋으니
이번에는 제대로 오리걸음 걸으며
삐쭉이는 엉덩이로 빨리 지나가라
사회적 거리두기 4단계 연장 이주일!

## 종말징후목록

난리와 난리의 소문을 들을 것이다
나라가 나라를 대적하여 일어날 것이다
곳곳에 큰 지진과 기근과 전염병이 있을 것이다
일월성신에는 징조가 있을 것이다
사람들이 먹고 마시고 장가들고 시집가면서
저희를 다 멸하기까지 깨닫지 못할 것이다

세상은 항상 종말의 모든 징후를 갖추고 있었다
히로시마에 떨어진 원자폭탄이
코로나 19보다는 덜 무서운 것이라고
누가 말하겠는가!
6.25전쟁 중 한강다리에
개미새끼처럼 매달렸다가
떨어져죽은 아홉 살 아이의 고통이
코로나 확진자의 고통보다는
가벼웠다고 누가 말하겠는가!

어느 시대나
그 시대에 충분한 고통과 슬픔이 있었다
우리가 눈여겨보지 못한 것,

아니 외면한 것 뿐이었다

삼복더위에 아스팔트 찻길 옆을
산더미같이 폐지가 쌓인 리어카를 끌고 가는
저 칠순 노인에게 무엇이 더 무서울까?
코로나 19 바이러스일까? 배고픔일까?

일상이 재앙의 징후가 된 세상에서
종말을 예측하는 것은 얼마나 의미 없는 일인가!
고통을 회피하고 못 느끼는
**無痛社會**에서 우리에게
아픔이란 무엇인가?
우리는 종말을 기다리는 중인가?
아니면 종말을 살고 있는가?

## 8월, 넌 여름이 아니다

8월, 넌 여름이지만 여름이 아니다
아침저녁 부는 바람이 네 열기를 식혔고
찌르르륵 노래하는 풀벌레들도
가을의 곡조를 더 즐겨 부른다
8월, 긴 고통으로 몸부림치던 달이여!
여름의 끝자락과 가을의 시작이 뒤섞인 달이여!
뜨거운 태양의 열기와 나뭇잎 스치는
시원한 바람이 공존하는 달이여!
여름의 뜨거운 태양과 가을 녘의 지는 해를
함께 볼 수 있는 마법 같은 시간이여!
8월, 넌 여름이지만 여름이 아니다

## 지상천국

외국 군대와 외국인들이
꽁지가 빠져라
수송기 타고 내빼고 난 뒤
카불에는 지상천국이 열렸다

젊은이를 방탕으로 내모는
청바지들을 불태우고
여자들은 부르카를 사서 입고
남자들은 수염을 기르고
온 나라가 다시 거룩한 나라가
되었다

살아서 네 명의 아내를 얻을 수 있는
거룩한 나라
죽어서 일흔 두 명의 아내와 쾌락을
즐길 수 있는 순교자들의 나라
여자들이 할 수 있는 일과
할 수 없는 일이
칼같이 구분된 나라
여자 속옷은 남자 상인이 팔고

여자는 남편이 사다주는 속옷을
군말없이 입어야 하는 나라

천국이 된 카불에는
산 자는 머물 수 없다
천국은 죽은 자의 땅이기 때문이다
그래서 탈레반 대원들은 열심히
AK47소총의 방아쇠를 당긴다
한 사람이라도 더 천국에 보내려고
한 사람이라도 더 쾌락을 누리게 하려고

## 홀로 있는 자리

새벽 아직 동녘이 밝기 전
그분은 홀로 한적한 곳에
가서 기도하셨다
깊은 밤 가로등도 없는
어두운 산길을 걸어
그분은 홀로 외딴 곳에
가서 기도하셨다
사람들과 먹고 마시기를
즐거워하면서도
홀로 있어야 함을 아셨기에
그분은 무리를 떠나셨다

군중 속의 고독은
그분에게 숙명과도 같은 것
자신을 왕으로 만들겠다고
얼굴이 벌게진 무리를 피하여
그분은 홀로 있는 자리로 가셨다

인간은 사회적 동물이라는
아리스토텔레스의 말을

아무 감흥 없이 암기해버린 우린
홀로 있음을 두려워하고
고독을 피해 무리 속으로 들어가
아무하고나 쉽게 "우리"가 된다

현대인의 마음이 이토록 병든 것은
홀로 있어서가 아니라
홀로 있지 못하기 때문이다

침묵과 고독 속으로 들어가는 것만이
영혼을 잃어버린 현대인의
마른 줄기에 다시 잎이 나고
꽃이 피게 하는 일이련만

모두가 홀로 있음을 싫어하는 세상에서
그분은 오늘도 홀로 있을 자리로 가신다
아직 날이 밝기 전에
이미 밤이 깊은 후에
모두 잠이 든 그 때에

## 어머니

되로 주면 말로 갚는 사람이 있다
돈 버는 자식이 뭐라도 하나 사드릴라치면
빚꾸러기라도 된 냥
미안해서 어쩔 줄 모르는 내 어머니

있는 거 없는 거 다 긁어모아
아들 싸주어야 직성이 풀린다
페트병에 넣은 현미 한 통, 찹쌀 한 통,
친구 권사님이 준 마른 버섯 1킬로,
그리고 냉장고에 고이 모셔두었던
마을 노인회가 집집마다 돌린 닭 두 마리

돈 못 버는 어머니는
항상 받는 것보다 주는 게 많다
돈 버는 아들인데 늘 불쌍하기만 한가 보다
나는 늘 되로 주고 말로 받는다
받고 돌아오는 마음은 항상 짠하다

## 과학 선생님

이름도 기억 안 나는
중학교 과학 선생님
어느 날 과학시간에
들어오면서 다따가
칠판 오른쪽 끝에서
왼쪽 끝까지 하얀색
분필로 선을 그었지

그리고 왼쪽 맨 끝에
빨간색 분필로 점을
하나 찍은 후 돌아서
하신 한 마디 말씀이
"이 긴 선이 우주의
역사 138억 년이라면
우리 인간의 역사는
이 빨간 점이야
우리 한 사람의 인생
은 얼마나 될까?
우린 짧은 인생의
시간을 어떻게

살아야 할까?"

그 순간 교실 안으로

영원이란 시간이 훅

들어왔어

## 수학 선생님

문제가 안 풀린다고 포기 말고
한 걸음만 더 나아가라
안 풀리는 문제는 풀릴 때까지
꾹 참고 끝까지 씨름해라
많은 문제를 무작정 풀기보다
공식을 유도하며 원리를 이해해라

무엇을 배우든지 네가 그것을
사랑할 때 가장 잘 배울 수 있단다
많이 생각하고, 많이 사랑해라!
절대로 포기하지 마라!

너는 네가 생각하는 것보다
더 나은 네가 될 수 있단다
수학 문제 푸는 자동기계가
되지 말고, 생각하고 고민하며
문제를 해결해 나가는 성숙한
사람이 되거라
난 네가 할 수 있다고 믿는다

## 미워하는 너에게 보내는 편지

있잖아… 미움이란 게 꼭
손잡이 없는 날선 칼날 같더라구
꽉 쥐면 쥘수록 내 손에
깊은 상처를 남겼어
아플수록 더 휘두르게 되고
그럴수록 상처가 더 깊어지더라

고통으로 뒤틀려서 피 흘리는
내 손을 뚫어지게 쳐다보다가
난 결심했어
그토록 미운 널 용서하기로
네가 내 온몸에 남긴 칼자국을
흉터가 아닌 훈장으로 여기기로

벼린 무쇠 낫으로
썩썩 베고 또 베어도
계속 올라오는
여름날 잡초처럼
뜯고 또 뜯어도
자고 나면 그만큼 자라는

상추 잎새처럼
미움이
항상 나를 찾아올 걸 알아
하지만 이제는
그 날카로운 날을
던져 버릴 거야

대신 바람 부는 바닷가
솔잎 덮인 바닥에 앉아서
칼 대신 펜을 들어서
네게 편지를 쓸 거야
오랫동안 하지 못한
이야기를 할 거야
이젠 널 용서한다고
항상 널 사랑했다고

## 시간여행자

중학교 때 국어선생님이
어느 날 하신 말씀

미국은 물도 병에 담아서
사이다처럼 팔고 사먹는단다
우리나라도 나중에 그렇게
될지 몰라

지금은 부자들이나 차에
카폰 달고 다니지
이러다가 선 없는 전화기가
나올 수도 있겠어

미래에는 사람이 운전 안해도
달리는 차도 나올 수 있어.
물론 서기 2100년이나 돼야
가능하겠지만

너희들은 백세까지 살지도 몰라
관절도 장기도 인공으로 바꾸고

다시 젊어져서 살지도 모르지
그러니 평생 부지런히 배우고
건강해야 한다

상상이 죄다 현실이 된 세상
그 선생님은 어디서
또 무슨 새로운 상상을 할까?
우린 어떤 상상을 해야 할까?
무엇을 꿈꿔야 할까?

## 구현이

못 말리는 청년 구현이
늘 사람 좋은 웃음으로
착한 바보 형 같은 사람

청년이라면 누구나
떼돈 벌어 떵떵거릴 꿈을 꾸는
대한민국에서
대학시절부터 해외선교에 미쳐
외국어 배우고 그 나라에 가서
몇 년을 공부하며 준비한 사람

군대 병사 월급만도 못한 벌이에도
늘 웃으며 선교를 준비하더니
이제는 예쁜 아내와 사랑하는 아들
그리고 뱃속의 작은 아들 데리고
꽃피는 봄이 되면 선교하러 나간단다

모아둔 돈도 없고
차는 20년 된 고물차
번듯한 직장이 보장된 것도

살 집이 주어지는 것도 아닌
그 낯선 곳으로 온가족이 들어가
사서 고생을 하겠단다

종이돈 보기 힘든 지갑에서
커낸 카드로
상주 포도 한 상자 사서
오랜 전우인 옛 군종목사를 찾아온
대책 없는 친구
10년 넘게 알아왔지만
세상의 때라곤 찾아볼 수 없는
거울 같은 너를 보면서
나는 부끄러워진다

주님의 복음을 전하는 것 외에는
다른 어떤 것에도
관심조차 주지 않는
너를 보면서
제자에게도 배우는 것이
진짜 스승이라는 말의 의미를
비로소 깨닫는다
나는 오늘 너에게서
많이 배웠다

세상이 감당 못할 믿음의 사람

나의 충성스러운 군종병

나의 사랑하는 전우

나의 귀한 스승이여!

## 새벽기도 가는 길

밤이 어두움을 이불 삼아
아직 깊이 잠든 시간
지난 밤의 때를
찬물로 씻고
거울 앞에 선 새로운 나를
만난다

잠에 취한 엘리베이터를 타고
살포시 땅에 발을 딛고,
두드리지 않아도 열리는
타임머신의 문을 지나
새로운 시간 속으로
들어간다

밤새 합창하던 풀벌레들도
하나 둘 잠들어
외로운 독주만 연주되는 시간,
단단히 박힌 보도블럭들은
말없이 분주하게
학교 가는 아이들을 만날 준비한다

새벽기도 가는 길은
아직도 버리지 못한
무거운 짐을 내려놓는 시간
지난 밤 내 마음을 짓누르던
부끄러운 갈망과 미련함을
훌훌 벗어버리는 시간
삶은 더함으로써가 아니라
뺌으로써 더 충만해짐을
느끼고 배우는 시간
성전으로 가는 순례의 길은
걸음마저도 기도가 되는 시간
삶에 꼭 필요한 것은
그리 많지 않음을 배우는
인생수업시간

나는 예배당 문에 이르기도 전에
하늘 아래 모든 곳은
그분 아래 있음을 깨닫고
내 발의 신을 벗고
꺼지지 않는
그 분의 불꽃 앞에 선다
삶은 더함이 아니라 뺌으로써,
높아짐이 아니라 낮아짐으로써,

많은 말이 아니라 깊은 침묵으로써,

가득 찰 수 있음을

오늘도  나는

온 땅에 충만하나 말 없으신

그분의 말씀에서

아니 그분의 침묵 속에서

듣고 또 배운다

## 아들에게 주는 잠언

잊지 말아라!
보이는 게 전부가 아니다!
들리는 게 다가 아니란다!
그러니 속지 말아라!

뿌연 설렁탕 빛 안개가 앞길 막고
홀로 걷는 듯한 순간에도
주님은 항상 네 곁에 계신다

송아지 눈만큼 캄캄한 어두움이
네 두 눈 가리는 순간에도
주님은 지팡이와 막대기로
네 갈 길 인도하신다

슬픔의 파도에 네가 잠기고
숨이 끊어질 듯한 순간에도
주님은 네 손을 잡으시며
그 분의 생기를
네 코에 불어넣으신다

슬픔도 낙심도 절망도 공포도

아무 것도 아니다

다 지나갈 것이다

그러나 너는 당당히 설 것이다

언제나 어디서나 함께 하실

그 분이 계시기에

그 분이 너를 지키시기에

그 분이 온 천하보다

널 더 사랑하시기에

## 재쫑재 느티나무

내 어린 시절 오르던
재쫑재 언덕 위 느티나무
줄기에 패인 깊은 골마다
지나온 세월의 험난한 기억들을
깊이 간직했네

일본 성과 이름으로 바꾸고
손씨 아저씨 통곡하던 날에도,
6.25 전쟁 때 쳐들어온
인민군들이 죽창과 따발총 들고
마을 사람들 위협하던 날에도,
붉은 완장 찬 정씨에게
우리 할아버지 끌려가서
고문 당한 그 긴 일주일에도
나무는 재쫑재 언덕 지키며
모든 것을 다 지켜보았지

호박돌들 박힌 언덕
눈이 오면 미끄러워
위험하기만 했건만

이름도 기억나지 않는
친구들과 내게는
에버랜드보다 롯데월드보다
더 좋은 놀이터였지

상상 속 괴물 찾아
산 속을 탐험하고
땀으로 흠뻑 젖은
동네 꼬마들에게
시원한 쉼터가 되어준
고마운 나무

동네 총각 처녀들의
만남의 자리가 되어주고
모리댁 아주머니
친정 생각하며 울 때마다
위로의 자리가 되준 나무
밥 연기 오르지 않는
가난한 이웃의 집을 보며
함께 마음 아파해주고
전 지지고 풍악 울리는
잔칫집 보며
함께 기뻐해주던 좋은 이웃

늘 내 마음 한복판에 서서

지치고 힘들 때마다

피할 그늘이 되어주는 나무

세월이 지났지만

아낌없이 주는 참 좋은 나무

## 텅 빔의 미학

속이 꽉 찬 사람이란 말은
칭찬이 아니라 욕이다
사람도 나무도 속을 비울 때
더 아름다워진다

오동나무도 번개 맞아서
속이 새까맣게 타야
최고의 거문고가 된다
대나무도 속이 비었기에
눈물나는 소리 쏟아놓는
대금과 퉁소가 된다
피나무도 속을 파내야
우직한 소리 멀리 가는
좋은 북이 된다

날마다 채우는 건 배움이고
날마다 비우는 건 도다
채우기만 하고 비우지 못하면
바보가 된다
늘 속이 꽉 찬 사람은

소화불량 환자이거나 변비환자다
항상 속이 꽉 찬 사람은
얼마 가지 못해 죽는다

속을 비울 때 사람도 나무처럼
더 아름다워진다
텅 빔으로 속을 채워
울림이 있는 사람이 되고 싶다
내 안이 아닌 세상을
아름다운 소리로 채우는 사람

## 신호등

윗집 Mr. Red는
아래집 Mr.Green이 부럽다
횡단보도에서 만나는
사람마다 Mr. Red만 보면
세상 곧 망할 것을 깨달은 냥
잔뜩 찌푸리고 노려보면서
카운트 다운 하다가도
아랫집 Mr. Green만 보면
정월 초하루기 때문이다

지금이 어느 시대인데!
학연 지연도 아니고
피부색으로 사람을 판단하다니!
아랫집 양반이나 나나
같은 집 살고
일 년 내내 좁은 집에서
벗어날 일 없는데
왜 사람들은 아랫집 양반만
그렇게 반가워하는지!

이렇게 푸념하다가도
카운트다운이 끝나고
자기 차례가 오면
사람들이 알아듣든 말든
Mr.Red는 오늘도
길 건너는 모든 이에게
말없이 외친다
다들 당당하게 어깨 펴요
거 기죽지 마요
나처럼 버티는 게 이기는 거요
어떤 일 있어도 열정은 식지 마쇼
다 잘될 거요 그럼 그럼

갑자기 내 귀에 들린
Mr. Red의 목소리에 난
깜짝 놀라 길도 못 건너고
우두커니 서서 건너편을 본다
윗층 남자의 얼굴에
환한 미소가 번진다

# 가슴 답답하고 우울한 날에는

가슴 답답하고 우울한 날에는
더 깊은 슬픔 속으로 들어가라
앞이 캄캄하고 어두운 날에는
더 깊은 어두움 안에 머물라
회색 잿빛구름 눈 앞을 가리면
눈을 감고 구름 속을 걸어라

눈물이 나면 마음껏 울어라
늘 웃을 날만 있는 인생은
눈물의 영롱한 빛을 보지 못한다
가슴 답답하고 우울한 날에는
더 깊은 불안 속으로 들어가라

낙심과 근심이 널 짓누르면
아무 일도 하지 말고 누워서
심장의 박동소리를 들어라
끝나지 않을 것 같은 터널을
지날 때면 긴 노래를 불러라
한숨이 나면 깊이 내쉬어라
긴 인생에 깊은 숨 쉴 일 없다면

어떻게 삶이 영글어 가겠는가

천둥치고 비바람 부는 밤이 지나면
나무와 풀은 부쩍 자란다
물 주지 않아 바짝 마를 때 선인장은
가장 아름다운 꽃을 피운다
아이도 아프고 나면 쑥쑥 큰다

가슴 답답하고 우울한 날에는
결코 피하지도  겁내지도 말라
더 깊은 곳 더 어두운 곳으로 들어가
마음껏 슬퍼하고 괴로워하라
이 시간은 반드시 지나가버리고
넌 반드시 이기고 살아남을 것이니

## 천고마비

가을은
천고마비의
계절

하늘은 높고
말이 살찌는
天高馬肥가
아니라
많이 돌아보아
어루만지고
도와야하는
千顧摩裨의
계절

가을은
가난한 사람들이
더 춥고
없는 사람들은
더 배고프며
상처 입은 마음이

더 아픈 계절

그러기에 가을은
겨울이 오기 전
모든 것을
베풀고 나눈 후
떠나는 나무들을
보면서
나눔과 긍휼을
배우고 행하는
계절

千顧摩裨의
가을은
말(馬)이 아닌
사람의 마음이
사랑과 자비로
살찌고 영글어야
하는 계절

## 가을 물들다

잿빛구름 덮은 하늘 아래

가을이 890도 회전하며

비행하다가 살포시 착륙한다

거무스름한 아스팔트 위에

동그랗게 말린 주황색 가을이

뒹굴며 가르릉 가르릉 노래한다

알록달록 보도블록 위에도

가을이 소박하게 물든다

잔잔하게 찰랑거리는 나뭇잎들 위로

가을이 지나가다가 잠시 머물러

잎들을 어루만진다

공사장의 망치소리 속에도,

배달 오토바이의 굉음 속에도,

국화화분을 내어놓는 꽃집 앞에도

이제 막 익기 시작한 가을이 있다

# 슬픔

슬(며시 다가오는 아)픔

슬(그머니 느껴지는 고달)픔

슬(쩍 나를 건드리는 서글)픔

슬(몃슬몃 심장을 조여 오는 속아)픔

슬(로우 모션으로 깊어지는 보고)픔

슬(기로운 자도 피할 수 없는 영혼의 배고)픔

## 강물과 산의 잠언

강물처럼 살아라
지나온 시간의 허탄한 자랑에
매이지 말고
다가올 시간의 막연한 희망에
들뜨지도 말고
그저 그렇게 놓아주고 흐르며
오늘을 살아가라

산처럼 살아라
절망의 깊은 골짜기 앞길 막고
고통의 절벽 가는 길 막을 때
인내와 기다림 층층이 쌓아올려
고난보다 더 높이 우뚝서라

때로는 흐르는 강물이 되고
때로는 우직한 산이 되어
깊고 담담함 들키지 말고
남 흉내 내느라 낭비 말고
가장 너답게 네 삶을 살아가라

## 태극기가 바람에

태극기는 오늘도
바람에 펄럭입니다
그렇게 펄럭이건만
늘 제자립니다

젊고 작은 태극기는
파닥거리며 달리고
늙고 큰 태극기는
주름진 피부 그대로
소리 없이 출렁입니다
하지만
둘 다 늘 제자립니다

먹처럼 캄캄한 하늘에
반짝이는 금빛 별들이
흩뿌려지고,
나무들 선 채로 잠자며,
새들도 가지에 기대어
지친 날개를 쉬고,
온 대지가 블랙 빌로드

천에 덮이는 밤이 오면

태극기는 알라딘의

마법 융탄자가 되어

남극 하늘을 마음껏 나는

꿈을 꾸지만

국기봉 도르레줄에 묶인 매듭

풀어줄 이가 없어서

모두 잠든 밤에도

혼자 그렇게

바람에 펄럭입니다

태극기는 오늘도

자유롭게 날아오를

그날을 꿈꾸며

낮이나 밤이나

그렇게 쉬지 않고

날개짓 합니다

## 땅에 내려온 별들

별들이 땅 위에 있다
지붕 위에 정원에
집 안과 길가에
별들이 있다
하늘은 땅이 되고
땅은 하늘이 된다

주황색, 흰색, 파란색
작은 별들이
살포시 땅 위에 내려앉아
이야기가 되고
노래가 된다

우는 별, 웃는 별,
한숨 쉬는 별.
잠자는 별
빗자루로 어두운 새벽
골목길을 쓰는 별
술에 취해 쓰러진
고단한 별…

모든 별들은 저마다
환하게 빛난다

사람들이 모인
모든 곳이 별자리다
오늘도 별이 태어나고
별이 진다
나는 지금 땅에 내려온
별들을 본다

## 모순

우리 종교는 평화를 사랑한다!
우리도!
우리 종교는 이웃을 사랑한다!
우리도!
우리 종교는 전쟁을 반대한다!
우리도!
우리 종교는 테러도 반대한다!
우리도!
모든 종교가 하나같이
전쟁과 테러를 반대하고
평화와 사랑을 가르친다

세계 종교 인구는
69억 9,615만 명
세계 무종교 인구는
8억 7,931만 5천 명*
세계는 다수의 사람이
종교인인 종교박람회다

그런데 이상한 일이다

어제도 종교의 이름으로
전쟁이 벌어졌고
오늘도 신앙의 이름으로
사람이 죽어가며
내일도 신의 이름으로
학살이 자행될 것이다

우리 사는 이 지구 위에
테러를 지지하는 "우리 종교"나
전쟁을 지지하는 "우리 종교"는
눈 씻고 봐도 없다
다만
테러를 지지하는 "다른 종교"와
전쟁을 지지하는 "다른 종교"가
있을 뿐이다

그 거룩한 사람들은 모두 말한다
우리 종교는 그렇지 않다고
우리 신자는 그렇지 않다고
모든 폭력과 악은
"다른 종교"가 저지른 것이라고
다들 우리 종교 같으면
좋으련만

다들 우리 신자들 같으면
좋으련만
항상 "다른 종교"가 문제라고

하지만
지구상에서 가장 크고
가장 파괴적인 종교는
다름 아닌 "우리"라는 종교다

* International Bulletin of Missionary Research 2021년 1월호에서 인용

# 타임머신1

타임머신(Time Machine): 사람들이 매일 이용해서 시간여행을 하지만 정작 본인은 그 사실을 인식하지 못 하는 장치.

※주의 : 타임머신을 타고 이동한 시간은 이용자에게 뻔한 오늘로 여겨짐. 백 번이나 타임머신을 이용하고도 자신은 제대로 살 기회를 놓쳤다고 한탄만 하는 사람이 있음.

## 타임머신 2

현재는 과거의 미래고
현재는 미래의 과거다

과거 없는 현재가 없고
현재 없는 미래도 없다

현재는 미래를 만드는
용광로요 모종판이다

우리가 무엇을 녹이든
녹인대로 굳을 것이다

우리가 무엇을 뿌리든
뿌린대로 거둘 것이다

손목에 찬 시계가 바로
미래행 타임머신이다

## 식어버린 커피를 위한 파반느

까아만 뜨거움을 담은
너를 처음 보았을 때
나는 마음대로 되지 않은
세상 일을 염려하느라
미처 네게 따사로이 입 맞추지도
친절한 인사를 나누지도 못했다

카페의 홀을 가득 채운 텅 빔과
가사를 알 수 없는 샹송곡에
시나브로 젖어들며 무덤덤하게
컵을 만지작 거리는 동안
빠알간 컵에 담긴 너는 점점 식어갔다

시간이 속절없이 지나는 동안
수돗물처럼 차갑게 식어버린
쓰디쓴 네게 뒤늦은 입맞춤으로
말을 걸었지만 너는 진한 향기와
컵 안쪽에 짙은 갈색의 줄만
남긴 채 아무런 대답도 하지 않았다

식어버린 네게서는 꽃향기도
과일향기도 느껴지지 않고
다만 남극의 빙하보다 더
차가운 냉기만이 감돈다

또한 신맛도 쓴맛도 짠맛도
아닌 슬픔의 깊은 맛만이
나의 입 안에 허전하고
오랜 여운을 남긴다

사랑은 기다림이라고 하지만
지나친 기다림은 너에게
잊혀짐을 의미할 수 있음을
나는 전혀 생각하지 못했다
그렇기에 그 영원한 순간을
나는 허무하게 놓치고 말았다

뜨거운 흑진주 같은 신들의 음료여!
온기를 잃은 네게 입맞춤하며
나의 무딘 마음을 뉘우친다
손 끝에 남아있는 너의 뜨거운
체온을 기억하고 컵 안에서
찰랑대는 너의 물결을 말없이

바라보며 영혼 깊이 나의 무심함을

뉘우치는 참회록을 새긴다

## 동행

삶은 고구마를 먹으면
목이 메어온다
고구마 먹는 일이 그렇게
슬픈 일은 아닌데
방금 전까지 배고팠다는 게
감정 복받칠 일도 아닌데
목이 메어온다

얘야 고구마만 먹으면
생목 오르는 거다
김치를 돌돌 말아서 먹어라
그럼 꿀떡 넘어간다
어린 시절 고구마 먹을 때마다
할머니가 이렇게 말씀하셔서
나는 김치가 약인 줄 알았다

오늘 고구마를 먹다가
목이 메인 순간 난 깨달았다
고구마를 먹을 때
김치를 같이 먹는 것은

어둡고 험한 고개 넘어가는
고구마에게도
길동무가 필요하기 때문임을
돌아오지 못할 길 떠나는 친구
눈물마저 메마른 친구를
온몸으로 감싸 안고
짠 눈물 흘리며 슬퍼해줄
그런 친구가 필요하기 때문임을

삶은 고구마만 먹으면
목이 마르다
고구마만 먹는 삶은
더 목이 마르다

함께 눈물 흘려줄
김치 같은 친구 하나 없이
산다는 것은
슬픈 일이다
목이 메인 친구를 위해
눈물 한 번 흘리지 못하고
산다는 것은
더 슬픈 일이다

고구마에게

김치가 필요하듯

김치에게도

고구마가 필요하다

오늘도 둘은 그렇게 만나

함께 고개를 넘어간다

## 전투화를 신은 목사

나는 날마다
전투화를 신은 목사

매일 새벽 미명
고요한 부대 채플에서
조국의 평화와
부대원의 안전을 위해
주님께 간구하는
새벽기도를 마치고 나면
전투복으로 갈아입고
전투화를 갈아 신었다

102대대 행군날에는
병사들과 함께 걸으며
말없는 내 입이 대신
무거운 내 전투화가
설교했다

잔뜩 굳은 채 울먹이는
전입신병과 마주하며

함께 울고 함께 아파하며
상담하는 날이면
아무도 못 보는 탁자 밑에서
낡고 긁힌 내 전투화가
이등병의 새 전투화를
위로했다
여기도 사람 사는 곳이야
넌 결코 혼자가 아니야
날 봐! 너도 해낼 수 있어!

무릎까지 눈이 쌓이는
강원도 적근산 길을 걸어
사람이 그리운 병사들을
만나러 가던 날에도
질퍽한 진흙밭 길을 걸어
들판에서 숙영하며
훈련 중인 부대원들과
함께 손을 모아 기도할 때에도
나는 시꺼먼 전투화를
신고 서 있었다

블랙호크 헬기를 타고
백령도 부대원들을

찾아가던 날에도
야간비행에 동참하며
조종사 승무원들과
한마음이 되던 날에도
내 전투화는 말없이
내 발을 감싸고 있었다

마지막 진급심사에 떨어져
크게 낙심한 조대위에게
순대국을 사주며
위로하던 날에도
사고로 너무 일찍 세상 떠난
김일병의 슬픈 장례식에서
흐르는 눈물 참으며
설교하고 기도하던
그 가슴 아픈 날에도
나는 전투화를 신었다

강산이 두 번이나 변할
긴 세월동안
전투화를 신으며
군살이 박힌 내 발은
아직도 전투화를 신고

병사들과 함께
웃고 뛰는 꿈을 꾼다

군인으로 전투화를 신은
마지막 그 날
나는 그 동안
내 발에 맞추어 찌그러지고
이곳저곳에 상처나고
닳아버린 내 전투화에
정성껏 구두약을 바르며
퇴역보행을 축하해 주었다

통일된 조국에서
최초의 백두산 지역
군목이 되겠다는
젊은 날 나의 바람은
미완의 꿈이 되었지만

신발장 한 구석에
보관된 내 군생활의
마지막 전투화를
볼 때마다 나는
간절히 기도하고

또 기도한다

주여 갈라진 이 땅을

하나되게 하소서!

주여 이 땅에 평화

주소서!

주여 오늘도 국군을

지켜주소서!

## 탁상등의 기도

눈 부시도록 환한 빛이 되기보다는
눈을 편하게 할 은은한 빛이
되게 하소서

기상시간과 근무시간을 알리는
각성의 빛이 아닌
쉬고 잠잘 시간을 알리는
안식의 빛이 되게 하소서

높은 곳에서 아래를 내려다보는
도도한 빛이 되기보다는
낮은 곳에서 위를 올려다보며
잠잠히 기도하고 간구하는
겸손한 빛이 되게 하소서

구석구석을 대낮처럼 비추며
모든 것을 드러내기보다는
온 방을 포근하게 품을 수 있는
어머니와 같은 따스한 빛이
되게 하소서

잠들기 전 한 편의 시를 읽고
성경을 읽으며 하루를 반성하려는
사람의 마음에 깊은 사색과 지혜를
주는 그런 빛이 되게 하소서

잠들기 전 하루를 되돌아보며
자신에게 죄지은 모든 사람을 용서하도록
분노와 미움의 어두움을 몰아내고
너그러운 마음과 자비를 일깨우는
빛이 되게 하소서

약하기에 편안하고
나를 가리기에 남을 드러내며
꺼짐으로써 잠을 줄 수 있고
어두움 속에서 도움을 청하는
사람의 손길이 쉽게 닿을 곳에서
언제든 깨어서 응답할 수 있는
등대와 같은 빛이 되게 하소서

## 가을의 기적

삼성역 근처 어느 빌딩 앞
갈색 낙엽 이불 삼아 덮은 정원에서
10월 마지막 주에 핀 분홍 철쭉이여
나무들 모두 잎을 떨구는 가을에
넌 혼자 두세 송이 꽃을 피웠구나

철모르는 꽃이라고
비웃음 당할 줄 알면서도
축처진 어깨와 무표정한 얼굴로
무거운 걸음 내딛는 이들에게
작은 놀라움과 미소를 주려고
소리 없이 핀 꽃

밤새 추위와 싸우면서도
아침이 되면 늘 밝은 얼굴로
지나가는 모든 이들의
복을 빌어주는 꽃

추위가 오면 빨리 져버릴 것
알면서도 누군가에게

희망이 되기 위해
그렇게 아파하면서도
가장 정성껏 준비한 꽃망울을
아낌없이 터뜨린 바보같은 꽃

10월의 마지막 주 오후에
나는 그런 너를 본다
세상 어느 꽃보다
더 아름다운 꽃인 너를

## 빛의 자녀들에게

옛사람은 이렇게 말했다
너희는 어둠의 자녀가 아니라
빛의 자녀라고

하지만 나는 너희에게 말한다
너희는 어둠의 잔여(殘餘)요
빛의 자녀다

수많은 이들의 눈물 모아
대저택의 수영장을 채우는
부자들을 욕하면서도
남의 등을 쳐서 피라미드
꼭대기에 오르려는 이들을
조목조목 비판하면서도
영혼을 끌어모아
비트코인에 투자하고
주식과 로또로
역전을 꿈꾸는 너희는
소돔과 고모라 신도시 개발로 얻은
투기이익 무용담을

동창회에서 늘어놓던
너희 부모들의 욕망을 닮은
어둠의 잔여다

책 읽고 공부할 시간도 없는
무늬만 대학생 되어
시간당 8720원 받으며
낮에는 밭을 갈고
밤에도 밭을 가는
주경야경(晝耕夜耕) 인생
평생 벌어도
머리둘 집 한 채 얻을 수 없는
집시 같은 너희는
평생 아틀라스와 같이
무거운 짐을 지고 산을 오르며
부모의 욕망을 채우느라 당겨쓴
태산같은 빚을 갚아야 하는
저주받은 빚의 자녀다

옛사람은 말했다
네 부모를 사랑하고 공경하라고
하지만
어둠의 잔여여! 빚의 자녀여!

나는 너희에게 말한다

네 부모의 욕망과 탐욕을 멀리하며

어둠에 굴복한 네 부모를 미워하라

끝없는 탐심을 미워하며

소유가 아닌 삶을 택하라

## 밤 헤는 낮

1,2,3…

숫자를 순서로만 보는 세상

항상 등수를 따지는 세상에선

숫자가 적을수록 좋아한다

1만 기쁘고 2부터는 모두

슬프다

그런 세상에선

숫자가 커진다는 것이

재앙이며 실패기 때문이다

하지만

1,2,3을 등수가 아닌

함께 하는 친구들의 수로

보는 세상

서로 돕는 모임의 크기로

보는 세상에선

숫자가 많아질수록 좋아한다

모두 1보다는 2를

2보다는 3, 4를 더 기뻐한다

그런 세상에선

숫자가 커진다는 것이
축복이며 성숙이기 때문이다

하나가 된다는 것은
더욱 커지는 일이다
꼴찌가 없어지고
모두 1등이 된다는
것이다
베드로만 칭찬받는
세상이 아니라
유다에게도 손뼉을 치는
세상이 되는 것이다

1등만 기억하는 세상이
모두 1등이 되는 세상이 되길
남이 잘 되면
나도 배부른 세상이 되길
봉투 안에 담긴 밤들을 보며
나는 기도한다

## 발톱을 깎으며

아이구 우리 손자는
지혜롭기도 하지
우리 애기는 똑똑해서
사탕을 입에 넣어줘도
다시 꺼내서 제 눈으로
확인하고야 먹네. 그 놈 참!
할아버지는 어린 나를
칭찬해 주셨다

귀신은 속여도
내 눈은 절대 못 속여
젊은 날 나는 지나치게
내 눈을 믿었다
양쪽 다 마이너스
하지만 안경 쓰고는
오른쪽 2.0, 왼쪽 2.0
젊은 시절 내 눈은
매의 눈이었기에
하루살이도 결코
피해가지 못했다

그러던 내게
어느 날부터인가
안경을 벗었다 썼다 하며
보는 습관이 생겼다
손톱을 깎을 때에도
안경 쓰면 안 보이고
벗으면 보였다
책을 보다가 TV를 보면
초점이 안 맞아 안 보였다
눈도 늙고 지쳤나보다
너무 가까운 것도
너무 먼 것도 잘 못 본다

이젠 내 눈 속이기는
식은 죽 먹기다
이젠 귀신 속이기가
내 눈 속이기보다
더 힘들어졌다
이젠 내 눈을 난
믿지 못 한다
보이는 대로 믿으면
속는다는 것을
잘 알기 때문이다

중요한 것은 눈에

보이지 않는다고

제발 눈에 보이는 대로

그냥 믿지 말라고

내 눈이 못 보는 것이

세상에는 너무 많다고

발톱 잘못 깎아서

살짝 피맺힌

새끼발가락이

울면서 말했다

드디어 때가 됐구나

이젠 눈을 감고

마음으로 볼 때가 됐구나

이젠 더 이상 내 눈에

속지 말아야겠다

새끼발가락에 밴드를 붙이며

난 다짐했다

## 돌예수

작은 내 방 길가로 향한 창가
탁자 위에서 두 팔을 벌린 채
홀로 선 하얀 돌예수

쌀알보다 작은 두 귀로
깊은 밤에도 쏟아내는
나의 철없는 푸념과 불평을
말없이 들어준다

Made in China
중국 어느 돌공장에서
기계로 새긴 돌예수는
입을 굳게 닫은 채
오늘도 종일 아무 말도 없다

종일 불투명한 유리창이
비추는 햇빛을 받아
따스해진 두 손바닥에는
못 박힌 자국 뚜렷하건만
작고 단단한 돌예수는

아프다는 소리 한마디 없이
얼굴 가득 넘쳐나는
부드러운 미소와
소리 없는 축복의 말로
항상 나를 반긴다

화를 내지도 않고
울지도 웃지도 않고
졸거나 자는 법도 없고
두 발이 바닥에 붙어
걷지도 뛰지도 못하는
무능한 돌예수
그렇게 부르고 또 불러도
응답하지 않고 침묵하는
무심한 돌예수는
모두 잠든 깊은 밤
어두움 속에서
세미한 음성으로
내게 속삭인다
내게로 오라
수고하고 무거운 짐 진 자여
내 몸이 돌처럼 굳어서
내가 너무 작고 작아서

아무 것도 해줄 수 없지만
내가 너와 함께 하리라
고통당하는 그 곳에
너만 홀로 두지 아니하리라

작은 내 방 길가로 향한 창가
탁자 위에 두 팔을 벌린 채
홀로 서서 항상 나를 바라보는
하얀 돌예수는 오늘도 말이 없다

## 정오의 제사

피 흘림이 없이는
죄사함도 없다
모든 죄는 피로서만
사함 받을 수 있다

오늘 정오에도
참회할 것 많은
죄인인 나는
몇 번을 머뭇거리다가
커피 한 잔을 샀다
교황청에 가지 않아도
편하게 살 수 있는
3,500원짜리 면죄부,
쿠폰 10번 찍으면
공짜로 한 잔 더
받을 수 있는 면죄부,
어린양 한 마리보다
훨씬 저렴한 보급형
인스턴트 제물을

어린양의 피가 아닌
햇볕 따갑게 내리쪼이는
콜롬비아 산골의
어느 나지막한 언덕에
서 있던 수백 그루의
커피나무 중 한 그루에서 딴
빠알간 커피 열매,
그 열매에서 발라낸 씨앗을
뜨거운 불로 볶아내고
뜨거운 물을 부어
짜낸 순결한 제물의 검은 피

맨살이 뼈까지 벗겨지고
온몸이 부서져 조각나며
지옥보다 뜨거운 불로
소금 치듯 하여 얻은 피
쏟아지는 뜨거운 물을
뒤집어쓰는 고통을 당하며
커피 열매가 쏟아낸
희생의 피

속죄의 제사마저
상품이 되어버리고

로켓 속죄가 가능해진
맘몬의 땅에서는
죄를 짓는 것도
죄를 참회하는 것도
라스베이거스의 결혼식처럼
편리하고 빠르기만 하다

늦가을 아침의 이슬과
차가운 새벽바람에
바짝 말라 뒤틀린
라일락 잎을 보며
나는 참회했다
너무 탁해지고
발뒤꿈치 굳은살만큼
무감각해진 내 마음이
몹시 부끄러워
황무지 같은 도시의
길 한복판에 서서
속죄제물을 드리며
내 죄를 참회한다

강도 만난 사람을
보고도 두려워서

내 갈 길을 간
나의 비겁한 과거,
굶어 죽어가는 이들을
보면서도 나의 내일만
생각하면서
보리떡 다섯 개와
물고기 두 마리를
숨겨놓는
나의 이기적인 현재,
모호함과 불확실함 대신
악마의 부적이 보장하는
안정된 미래를 바라는
헛된 꿈으로 가득 찬
나의 미래…
부끄러운 나의 죄의 연대기를
낭독하는 바람 소리와
규칙적으로 울리며
나의 유죄를 선고하는
공사장 망치소리를 들으며
나는 뜨겁고도 쓴 피를
내 영혼에 채운다

산다는 것은 끊임없이

죄를 짓는다는 것
살아남았다는 것은
용서받을 시간을
얻었다는 것

나는 오늘도
따스한 가을 햇살이
내리쪼이는
카페 앞 돌계단에 서서
내 영혼의 깊은 곳까지
천천히 커피를 부으며
참회를 구한다

## 화장지

화장실에 걸린 화장지처럼
풀리다 풀리다 더 풀릴게
없이 심만 남으면
나도 익숙한 세상을 떠나겠지

몇 바퀴 안 남은 아슬아슬한
화장지를 풀면서 나는 생각했다

내 남은 삶도 화장지처럼
남은 날들을 그때 그때 알 수 있다면
생각 없이 도르르 잡아당겨
함부로 낭비하지 않을 텐데

화장지는 이렇게 마트에 가서
새로 사면 그만인데
내 삶은 어디에서 다시 사야 하나
내 삶은 몇 칸이나 남았을까

## 가을

가을은 카페 앞 화분에 심긴 관엽식물
이파리를 흔드는 투명한 바람

가을은 몸매 관리비결과 기미치료
단체할인 병원 홍보, 초음파 치료와
레이저치료 의료수가… 일초도 쉼 없이
쏟아지는 네 아주머니의 수다와
가사를 알 수 없게 흐느적거리는
가수의 노래소리로 가득찬 소음 지옥의
카페를 가득 채우는 쓸쓸함

가을은 창밖 아스팔트 위를 뒹구는
플라타너스 나무의  갈색 낙엽들이
연주하는 묵음 3중주

가을은 노트북 화면을 가득 채운
자기소개서를 지웠다가 다시 쓰는
취업 준비생의 식어버린 커피

가을은 '아버지께서 자비하신 것처럼

너희도 자비로운 사람이 되라'라고
새겨진 대치 2동 성당입구 화단에서
불타고 있는 단풍나무

그리고 가을은 11월의 달력을 펴면서도
이미 곁에 와 있는 겨울마왕의 속삭임을
바람소리로만 알고 죽어가는 아들을 품고
앞만 보며 말을 달리는 사람들

## 나뭇잎

달리는 버스 안에서
누군가 창문을
내다보다가
말했다

나뭇잎은
질 때 저렇게
이쁘게 지는데
사람은 왜 안 이쁘게
떠나야 할까
사람도 갈 때 저렇게
단풍 들면 좋으련만

## 부지런한 가을

아 순식간에 노래졌네!
몇 주 전 이사떡 돌린 가을이
야쿠르트 아주머니의
배달 전동카트보다 빠르게
나뭇잎들을 물들였다

빨갛게 불이 났구만!
두툼한 코트 주머니에
손 꽂은 팔꿈치 창틀 너머로
택배 오토바이를 탄 가을이
곡예운전하며 달려 간다

마스크 위 김서린 안경에
늦잠 자다가 새집 진  머리로
이사 가는 시월이 새로 이사온
십일월을 보고 멋쩍어하며
뒷걸음질쳐 물러간다

찬바람 맞다가 따스한 국물 찾아
복어국집에 들어온 가을이

식당 입구에 일 년째 서 있는
작은 크리스마스의
반짝이는 꼬마전구들을
신기하게 어루만진다

십일월의 거리 어디에서도
가을을 만날 수 있다
십일월의 어느 밤에도
가을이 부르는 휘파람 소리를
들을 수 있다

## 라면은 기다리지 않는다

편의점에서 라면을 샀다
다섯 개 한 묶음 3,500원
삼양라면 60주년 기념판
Since 1963년
검은 솥에 물을 끓여
라면 넣고 주황색 스프
연두색 야채분말 넣어
꼬돌꼬돌하게 끓여냈다

라면도 환갑을 맞았구나
강산이 한 번 더 바뀌면
나도 환갑이 될 텐데
그때 나는 어떤 맛과 향기를
풍기는 사람이 될까?

내 안에 뭉친 이야기보따리
뜨거운 눈물에 녹아 풀릴 때
어떤 이야기를 풀어놓게 될까?
꼬불꼬불한 면발이
옛날 베이지색 전화선이서

하늘나라 가신 아버지와
3분 동안 통화가 된다면
무슨 이야기를 해야 할까?

이런 생각 저런 생각 하다 보니
삼양라면이 너구리가 됐다
성질 급한 라면이 단 몇 분을
못 참고 퉁퉁 불어버렸다
라면도
세월도
사랑하는 사람도
우리를 기다려주지 않는다
불기 전에 먹고
가기 전에 아끼며
떠나기 전에 사랑한다고
말해야 한다
지금 당장 그리고 여기에서

## 삶이 사람이다

날 때부터 대가가 있었으랴
타고난 대가가 따로 있으랴
살다보니 아니 살아온 삶 때문에
대가가 된 것 뿐이다

사람은 두 번 태어난다
어머니의 자궁에서 한 번
그리고 삶이라는 자궁 속에서
다시 한 번
사람이 삶을 만드는 것이 아니라
삶이 사람을 만든다
생긴 대로 사는 것이 아니라
사는 대로 그 모습이 변한다
사는 대로 생겨지는 것이다

삶이 사람을 만들고
삶이 대가를 만든다
눈 쌓인 들판이
처음 걷는 사람의 발자국 따라
길을 내듯이

무심코 떨어진 낙숫물이

결국 바위 뚫어 골을 만들듯

습관이 되도록 네가 살아온 삶이

네가 갈 길을 만들고

네가 누구인가를 정하며

너를 한 분야의 대가로 만드는

것이다

사람은 곧 그가 지금까지 지내온 삶이다

삶이 사람이며, 사람이 삶이다

## 누나의 택배 박스

정사각형 스티로폼 박스 안에
누이의 일 년이 담겨있다 잘
지내지? 응 나야 뭐 누나는?
잘 지내 나도, 일 년 가야 이렇게
몇 번 전화 통화가 전부이건만
누나는 올 해도 봄부터 겨울까지
스티로폼 박스에 담을 이야기를
준비했다 봄에 씨 뿌리고 천둥
번개 치는 여름 지나 거둔 고추
말리고 가을에 거둔 무 잘라
맛 나는 김장을 담가 이렇게 보낸
것이다 내가 네 살 때 교련복 입은
모습이 청아하기만 했던 예쁜
누나의 얼굴에는 세월이 물결치고
있지만 용돈 아껴 동생에게 줄줄이
사탕 사주던 어린 누나의 사랑은
그대로 이 박스 안에 담겨있다
그래서 올해도 박스 속 무김치는
달다 어린 시절 그 줄줄이 사탕처럼
늘 변함없는 누나의 그 사랑처럼

## 아차

"아차"라는 말이 없었으면

어찌 살았을까

내 지나온 삶의 흔적마다

울려 퍼지는 메아리

아차, 아차, 아차, 그리고 아차

# 그것이 삶이다

맑고 푸른 가을 하늘
구름 한 점 없는 가을 하늘
가을 하늘은 이 별명들이
부담스럽다 아니 싫다
살다보면 어떻게 맑기만 할까
늘 웃기만 하고 사는 이가
어디 있을까
하늘도 속이 타서 힘든 날엔
회색 연기와 짙은 잿빛으로 덮인다
하늘도 한없이 슬픈 날엔
체면을 내려놓고 눈물을 흘린다
가을 하늘은 늘 맑고 파랗지 않다
가을 하늘은 늘 구름없지 않다
그래도 다시 파래지고
그래도 다시 맑아질 뿐이다
그것이 삶이다
삶이란 본디 그런 것이다

## 아낌없이 주는 나무

고웁게 차려입고
나들이 준비하던
은행나무가
매일 바닥에 앉아 지내는
만년 회색양복
단벌신사 보도블록에게
고운 옷 벗어주고
알몸이 됐다
노란 옷 입고 좋아하는
보도블록 보고
가지를 흔들며
좋아하는 은행나무야
오늘 네게 배운다
삶은 채움이 아니라
비움으로 충만해진다는 사실을

## 산길

소쩍새만 홀로 깨어서 노래하는
좁다란 산속 길을 찬바람 맞으며
혼자서 걸어갑니다

동그란 밀전 같이 누르스름한 달빛
잔잔히 비치는 고요한 밤길에
낙엽 밟는 소리만 울려퍼집니다
가게 하나 없는 산골 작은 집
세 살 아기는 읍내 나갔던
아비 돌아올 때 기다리다가
깊이 잠들었습니다

배낭 안에 넣은 아기 줄 풀빵들은
식은 지 오래지만 바쁜 걸음 서두르는
아비의 외투 안은 군불아궁이처럼
후끈 후끈합니다

멀리 주인 발자국 소리 들은 누렁이가
먼저 짖으며 반깁니다
잠에서 깬 방안에는 호롱불 다시 켜집니다

늦은 밤 찬바람에 달도 옷깃을 여미지만

아랫목 이불 덮어둔 사기 밥그릇엔

따스한 밥이 주인을 기다립니다

새근새근 잠자는 아가는 무슨 꿈꾸는지

그 고운 얼굴에 환한 미소가 번집니다

## 닫힌 방*

들어올 수는 있어도 나갈 수는 없다
죽이는 사람도 없고 죽을 수도 없다
하지만 살아있는 삶이 곧 죽음보다
더 큰 고통이 되는 방, 한번 닫힌 문은
아무리 두드려도 그 곳에선 열리지 않으리니
아, 기쁨이 슬픔보다 더 무겁고 어두운
그곳이 바로 절망의 방이요
그곳이 바로 지옥이다

비록 끓는 기름과 유황불과 장작불
석쇠와 삼지창을 든 뿔난 악마가 없고
고문당하는 이들의 처절한 비명소리
들리지 않는다고 해도, 벽난로와 청동상
전등과 초인종 안락의자 세 개 놓인
평범한 풍경이 잔잔하게 펼쳐지더라도
두 명의 타인의 시선을 견디며 영원히
지내야 하는 그곳은 다름 아닌 지옥이다
지옥은 바로 타인이며
타인은 바로 지옥이기 때문이다

타인들의 관심에 목마른 자에게도
끊임없이 꽂히는 타인의 시선은 지옥의 형벌이다
누군가가 끊임없이 나를 관찰한다는 것은
그 자체가 숨막히는 고통이며 지옥이기 때문이다
거기 불이 꺼지지 않아 밤에도 어둠이 없으며
잠을 잘 일 없기에 악몽을 꿀 염려도 없지만
천년을 산다고 해도 누구에게도 어떤 영향도
주지 못하는 곳이라면 바로 그곳이야말로
가장 무서운 지옥이다

삼백육십오 일 매순간 타인의 시선이 있는 곳
나의 모든 행위를 타인이 감시하고 판단하며
과도한 관심과 질식시키는 사랑이 넘쳐나는 그곳
그대들과 영원히 함께 하는 시간도
닫힌 방에서는 가장 큰 저주가 되나니
타인의 시선이 더 깊은 고독을 만들고
타인의 시선이 닿는 모든 곳이 곧
지옥이 되기 때문이다

거울이 없어서 타인의 시선이
모든 것을 판단하는 세상
타인의 의견이 아름다움과 추함을
결정하는 세상 그곳이 바로 지옥이다

지옥은 어디에나 있다

아니 지옥은 너무 가까운 곳에 있다

지금 그리고 여기 그리고 우리가 함께

하는 이 자리, 이 시간에도 지옥이 있다

지옥은 바로 타인이다 아니 타인이 곧 지옥이다

*장 폴 사르트르의 작품 〈닫힌 방〉을 읽고

## 거울 앞에서

거울에 비친 내 얼굴이
참으로 어색합니다
늘 쓰고 다녀 달라붙은
철가면이건만
오늘은 웬일인지
가장 낯설기만 합니다

가면 속 그 깊이 모를
어두움 속에 오랫동안
가려진 진짜 내가
행여나 모습을 비칠까
거울을 보고 또 보지만
거울 건너편에서 나를
뚫어지게 보는 것은
만날 변치 않는 철가면
뿐입니다

나는 누구입니까?
남들의 눈에 비친
거울에 비친 바로 저

차가운 금속 위에
웃음을 새겨 넣은
그이입니까?
아니면 한 번도 본 적
없지만 가면 뒤에 숨어
빛을 갈망하는
저 미지의 사내입니까?
나도 알고 남도 아는
그 가면이 나입니까?
아니면 남도 나도
모르는 그이가
진짜 나입니까?
이렇게 묻지만
눈물 고인 채 흔들리는
갈색 눈동자의 눈은
아무 대답도 없습니다

거울 밖의 내가
거울 안의 나를
가만히 들여다봅니다
거울 안의 나도
거울 밖의 나를
물끄러미 내다봅니다

누가 진짜 난지
알 수 없습니다
확실한 것은
장기판 훈수 두듯
이렇게 묻는 나도
또 다른 나이겠지요

오늘은 오랫동안
나를 가리고 있던
가면을 벗으려 합니다
가면 속에서 눈물 흘리는
가련한 그 사내를
드디어 만나 말없이
그 어깨를 두 팔로 감싸
추운 겨울 아랫목 이불마냥
따스하게 안아주고자 합니다

## 조우[遭遇]

우리 어머님 때문에
어휴 어머님 때문에
내가 미치겠어
정말 돌아버리겠어
우연히 길에서 본
며느리가 앞서가며
직장 동료들에게 말했다

나도 며느리 때문에
어휴 너 때문에 미치겠다
정말 돌아버리겠다
뒤따라가던 시어머니가
말했다 물론 속으로만

원수는 외나무다리 위
아니 버스 정류장에서 만난다
생각지 못한 순간에
생각지 못한 모습으로

## 클리프 행어

노란색 유치원 건물 벽 위에
스파이더맨처럼 매달린 채
신음하는 너의 소리를 난
오늘에서야 들었다
손톱과 발톱을 세워 미끄러운
담장에 매달려
오르고 또 올랐지만
미처 지붕에 다다르기도 전에 울린
가을을 알리는 종소리에
오도가도 못 한 채 제자리에
그대로 멈춘 담쟁이여

여름날의 짙푸른 네 꿈은
노랗고 붉게 변하였지만
지붕을 딛고 하늘에 이르려는
고귀하고 갸륵한 꿈은
전혀 변치 않았구나
아무도 눈여겨보지 않는
모서리 벽에서
모두 잠든 깊고 어두운 밤에도

비바람이 철썩철썩
벽을 치던 여름날에도
말없이 물들며
낮은 포복으로 벽을 타면서
0.01mm씩 하늘을 향해 올랐구나

삶이 가장 아름다워질 수 있는 때는
가장 높이 올랐을 때도 아니고
가장 안정되었을 때도 아니며
원하는 대로만 살아갈 수 있는 때도 아니고
다만 절망과 고난 속에서도 묵묵하게
제 갈 길을 가는 때임을
화려한 웅변이 아닌
온 힘을 다한 매달림으로 보여주는
그 빛 아름다운 등반자여!